Herbert Leupin wurde 1916 in Beinwil am See geboren. Der Schweizer Grafikdesigner zählt international zu den bedeutendsten Plakatgestaltern. Leupin besuchte zwischen 1932 und 1935 die Kunstgewerbeschule in Basel. Von 1944 bis 1949 entstanden die Illustrationen zu den Märchen der Brüder Grimm. 1964 wurden Arbeiten von ihm auf der documenta III in Kassel gezeigt. 1968 gewann er die Goldmedaille der Plakat-Biennale von Warschau. Herbert Leupin starb 1999 in Basel. Sein Schaffen war geprägt durch einen humorvollen und leuchtend bunten Stil.

Erstmals erschienen 1946 im Globi Verlag, Zürich.

Lektorat: Andrea Naasan
Druck und Bindung: Livonia Print, Riga, Lettland
ISBN 978-3-314-10569-2
1. Auflage im Sternchen-Format 2021

www.nord-sued.com
Bei Fragen, Wünschen oder Anregungen schreiben Sie bitte an:
info@nord-sued.com

Der NordSüd Verlag wird vom Bundesamt für Kultur mit einem Strukturbeitrag
für die Jahre 2021–2024 unterstützt.

FSC
www.fsc.org
MIX
Papier aus verantwortungsvollen Quellen
FSC® C002795

Brüder Grimm · Herbert Leupin

Der gestiefelte Kater

Nord
Süd

Ein Müller hatte drei Söhne, seine Mühle, einen Esel und einen Kater. Die Söhne mussten mahlen, der Esel Getreide holen und Mehl forttragen und die Katze die Mäuse wegfangen. Nachdem der Müller starb, teilten sich die drei Söhne die Erbschaft: Der älteste bekam die Mühle, der zweite den Esel, der dritte den Kater, weiter blieb nichts für ihn übrig. Da war er traurig und sprach zu sich selbst: »Ich hab es doch am allerschlimmsten abgekriegt: Mein ältester Bruder kann mahlen, mein zweiter kann auf seinem Esel reiten; was kann ich mit dem Kater anfangen? Lass ich mir ein paar Pelzhandschuhe aus seinem Fell machen, so ist es schon vorbei.« »Hör zu«, fing der Kater an, der alles verstanden hatte, was er gesagt hatte, »du brauchst mich nicht zu töten, um ein paar schlechte Handschuhe aus meinem Pelz zu kriegen, lass mir nur ein paar Stiefel machen, damit ich ausgehen und mich unter den Leuten sehen lassen kann, dann soll dir bald geholfen sein.«

HERBERT LEUPIN

Der Müllerssohn wunderte sich, dass der Kater so sprach; weil aber eben der Schuster vorbeiging, rief er ihn herein und ließ dem Kater ein paar Stiefel anpassen. Nachdem sie fertig waren, zog sie der Kater an, nahm einen Sack, füllte den Boden desselben mit Korn und machte oben eine Schnur daran, womit man ihn zuziehen konnte. Dann warf er den Sack über den Rücken und ging auf zwei Beinen, wie ein Mensch, zur Tür hinaus.

Damals regierte ein König in dem Land, der aß so gern Rebhühner. Es herrschte aber eine Not, dass keine zu kriegen waren. Der ganze Wald war voll, aber sie waren so scheu, dass kein Jäger sie erwischen konnte. Das wusste der Kater und beschloss, seine Sache besser zu machen. Als er in den Wald kam, machte er den Sack auf und breitete das Korn aus. Die Schnur aber legte er ins Gras und leitete sie hinter eine Hecke. Da versteckte er sich, schlich herum und lauerte. Die Rebhühner kamen bald gelaufen, fanden das Korn und eins nach dem andern hüpfte in den Sack hinein. Sobald eine gute Anzahl darin war, zog der Kater den Strick zu, lief herbei und drehte ihnen den Hals um; dann warf er den Sack auf den Rücken und ging geradewegs zum Schloss des Königs.

Die Wache rief: »Halt! Wohin?«

»Zum König!«, antwortete der Kater kurzweg.

»Bist du verrückt, ein Kater zum König?«

»Lass ihn nur gehen«, sagte ein anderer. »Der König hat doch oft Langeweile, vielleicht macht ihm der Kater mit seinem Brummen und Schnurren Vergnügen.«

Als der Kater vor den König kam, machte er eine Verbeugung und sagte: »Mein Herr, der Graf«, dabei nannte er einen langen und vornehmen Namen, »lässt sich dem Herrn König empfehlen und schickt ihm hier Rebhühner, die er eben in Schlingen gefangen hat.« Der König staunte über die schönen, fetten Rebhühner, wusste sich vor Freude nicht zu lassen und befahl dem Kater, so viel Gold aus der Schatzkammer in den Sack zu tun, wie er tragen könne: »Das bring deinem Herrn, und dank ihm noch vielmals für sein Geschenk!«

Der arme Müllerssohn aber saß zu Hause am Fenster, stützte den Kopf auf die Hand und dachte, dass er nun sein Letztes für die Stiefel des Katers weggegeben hatte, und was würde ihm der schon Großes dafür bringen. Da trat der Kater herein, warf den Sack vom Rücken, schnürte ihn auf und schüttete das Gold vor den Müller hin: »Da hast du etwas für die Stiefel; der König lässt dich auch grüßen und dir vielen Dank sagen.«

Der Müller war froh über den Reichtum, ohne dass er recht begreifen konnte, wie er zustande gekommen war. Der Kater aber, während er seine Stiefel auszog, erzählte ihm alles, dann sagte er: »Du hast zwar jetzt Geld genug, aber dabei soll es nicht bleiben. Morgen ziehe ich meine Stiefel wieder an; du sollst noch reicher werden. Dem König hab ich auch gesagt, dass du ein Graf bist.«

Am andern Tag ging der Kater, wie er gesagt hatte, wohlgestiefelt wieder auf die Jagd und brachte dem König einen reichen Fang. So ging es alle Tage, und der Kater brachte alle Tage Gold heim und wurde so beliebt bei dem König, dass er aus und ein gehen und im Schloss herumstreichen durfte, wie er wollte. Einmal stand der Kater in der Küche des Königs beim Herd und wärmte sich, da kam der Kutscher und fluchte: »Ich wünschte, der König mit der Prinzessin wär beim Henker! Ich wollte ins Wirtshaus gehen und auch einmal trinken und Karten spielen, da soll ich sie spazieren fahren an den See.«

HERBERT LEUPIN

Wie der Kater das hörte, schlich er nach Hause und sagte zu seinem Herrn: »Wenn du ein Graf und reich werden willst, so komm mit mir hinaus an den See und bade dich darin.« Der Müller wusste nicht, was er dazu sagen sollte; doch folgte er dem Kater, ging mit ihm, zog sich splitternackt aus und sprang ins Wasser. Der Kater aber nahm seine Kleider, trug sie fort und versteckte sie.
Kaum war er damit fertig, kam der König dahergefahren. Der Kater fing sogleich an, erbärmlich zu lamentieren: »Ach, allergnädigster König! Mein Herr, der hat sich hier im See gebadet, da ist ein Dieb gekommen und hat ihm die Kleider gestohlen, die am Ufer lagen. Nun ist der Herr Graf im Wasser und kann nicht hinaus, und wenn er länger darin bleibt, wird er sich erkälten und sterben.« Wie der König das hörte, ließ er haltmachen, und einer von seinen Leuten musste zurückjagen und Kleider des Königs holen. Der Herr Graf zog die prächtigsten Kleider an, und weil ihm der König ohnehin wegen der Rebhühner, die er meinte von ihm empfangen zu haben, gewogen war, musste er sich zu ihm in die Kutsche setzen. Die Prinzessin war auch nicht böse darüber, denn der Graf war jung und schön. Und er gefiel ihr recht gut.

Der Kater aber war vorausgegangen und zu einer großen Wiese gekommen, auf der über hundert Leute waren und Heu machten.
»Wem gehört die Wiese, ihr Leute?«, fragte der Kater.
»Dem großen Zauberer.«
»Hört, jetzt wird der König bald vorbeifahren; wenn er fragt, wem die Wiese gehört, so antwortet: dem Grafen. Und wenn ihr das nicht tut, werdet ihr alle totgeschlagen.«
Darauf ging der Kater weiter und kam an ein Kornfeld, so groß, dass es niemand übersehen konnte. Da standen mehr als zweihundert Leute und schnitten das Korn. »Wem gehört das Korn, ihr Leute?«
»Dem Zauberer.«
»Hört, jetzt wird der König vorbeifahren; wenn er fragt, wem das Korn gehört, so antwortet: dem Grafen. Und wenn ihr das nicht tut, werdet ihr alle totgeschlagen.«
Schließlich kam der Kater an einen prächtigen Wald. Da standen mehr als dreihundert Leute, fällten die großen Eichen und machten Holz.
»Wem gehört der Wald, ihr Leute?«
»Dem Zauberer.«

HERBERT LEUPIN

»Hört, jetzt wird der König vorbeifahren; wenn er fragt, wem der Wald gehört, so antwortet: dem Grafen. Und wenn ihr das nicht tut, werdet ihr alle umgebracht.«
Der Kater ging noch weiter. Die Leute sahen ihm alle nach, und weil er so wunderlich aussah und wie ein Mensch in Stiefeln daherkam, fürchteten sie sich vor ihm.
Er kam bald zum Schloss des Zauberers, trat keck ein und vor ihn hin. Der Zauberer sah ihn verächtlich an und fragte ihn, was er wolle. Der Kater machte eine Verbeugung und sagte: »Ich habe gehört, dass du dich in jedes Tier nach deinem Gefallen verwandeln könntest. Was einen Hund, Fuchs oder auch Wolf betrifft, da will ich es wohl glauben. Aber in einen Elefanten, das scheint mir ganz unmöglich, und deshalb bin ich gekommen, um mich selbst zu überzeugen.«
Der Zauberer sagte stolz: »Das ist eine Kleinigkeit für mich«, und war in dem Augenblick in einen Elefanten verwandelt.
»Das ist viel, aber auch in einen Löwen?«
»Das ist auch nichts«, sagte der Zauberer und stand als Löwe vor dem Kater.

Der Kater stellte sich erschrocken und rief: »Das ist unglaublich und unerhört; dergleichen wäre mir nicht im Traum eingefallen. Aber noch mehr wert als alles andere wäre es, wenn du dich auch in ein so kleines Tier wie eine Maus verwandeln könntest. Du kannst gewiss mehr als irgendein Zauberer auf der Welt; aber das wird dir doch zu hoch sein.« Der Zauberer wurde ganz freundlich von den süßen Worten und sagte: »O ja, liebes Kätzchen, das kann ich auch«, und sprang als Maus im Zimmer herum. Der Kater jagte hinter ihm her, fing die Maus mit einem Sprung und fraß sie auf.

Der König aber war mit dem Grafen und der Prinzessin weiter spazieren gefahren und kam zu der großen Wiese.
»Wem gehört das Heu?«, fragte der König.
»Dem Herrn Grafen!«, riefen alle, wie der Kater ihnen befohlen hatte.
»Ihr habt da ein schönes Stück Land, Herr Graf«, sagte der König. Danach kamen sie an das große Kornfeld.
»Wem gehört das Korn, ihr Leute?«
»Dem Herrn Grafen.«
»Ei! Herr Graf! Große, schöne Ländereien!« Darauf kamen sie zu dem Wald. »Wem gehört das Holz, ihr Leute?«
»Dem Herrn Grafen.«
Der König wunderte sich noch mehr und sagte: »Ihr müsst ein reicher Mann sein, Herr Graf. Ich glaube nicht, dass ich einen so prächtigen Wald habe.«

Endlich kamen sie zum Schloss. Der Kater stand oben an der Treppe, und als der Wagen unten hielt, sprang er hinab, machte die Tür auf und sagte: »Herr König, Ihr gelangt hier in das Schloss meines Herrn, des Grafen, den diese Ehre sein Leben lang glücklich machen wird.«
Der König stieg aus und wunderte sich über das prächtige Gebäude, das fast größer und schöner war als sein Schloss. Der Graf aber führte die Prinzessin die Treppe hinauf in den Saal, der ganz von Gold und Edelsteinen flimmerte.
Da wurde die Prinzessin dem Grafen versprochen, und als der König starb, wurde der Müllerssohn König, der gestiefelte Kater aber erster Minister.

Weitere Entdeckungen für Märchenfreunde

Humorvoll und hintersinnig hat Herbert Leupin die Märchen der Brüder Grimm illustriert.

Herbert Leupin
Märchen der Brüder Grimm
Mit einem Nachwort
von Sieglinde Geisel
ISBN: 978-3-314-10253-0

Ein zeitloser Bilderbuchschatz
für die ganze Familie.
Meisterhaft mit viel Liebe
zum Detail illustriert
von Felix Hoffmann.

Felix Hoffmann
Hans im Glück
und andere Märchen
der Brüder Grimm
Mit einem Nachwort
von Martin Salisbury
ISBN: 978-3-314-10349-0